A morte do divino Sócrates

A morte do divino Sócrates

(baseado na obra de Platão)

Escrito por
Jean Paul Mongin

Ilustrado por
Yann Le Bras

Tradução
André Telles

martins fontes
selo martins

Diga-nos, Oráculo de Apolo, qual é o homem mais sábio da Grécia?

– Entre os gregos, assim como no resto do mundo – respondeu o oráculo –, não existiu mortal mais sábio do que Sócrates, pois Sócrates era apaixonado pela verdade.

Sócrates incentivava os homens a se conhecerem a si mesmos. Andava pelas ruas de Atenas interpelando quem encontrava pelo caminho.

*Salve, ó melhor dos homens,
cidadão de Atenas,
a maior das cidades-estado!
Preocupa-se com as honras,
a reputação, os prazeres e a fortuna!
Mas pensa também em procurar a verdade,
em tornar sua alma mais sábia,
em suma, em praticar a filosofia?*

Quando seus interlocutores se julgavam grandes sabichões, Sócrates divertia-se fazendo-lhes tantas perguntas que eles terminavam por admitir sua ignorância. Quando esbarrava com ignorantes, Sócrates colocava-os na trilha da sabedoria. O próprio Sócrates afirmava saber apenas uma coisa: que nada sabia.

Em razão de tanto filosofar e fazer perguntas a todos, interrogando os cientistas sobre sua ciência e constatando sua ignorância, Sócrates despertou a raiva de muita gente. Os mercadores do saber eram seus mais ferrenhos adversários.

Chamavam Sócrates de Mendigo Tagarela e decidiram mover um processo contra ele, que, perante a assembleia dos atenienses, foi acusado de corromper a juventude e não honrar os deuses.
Sócrates tomou a palavra para se defender...

*Atenienses! Corre o boato de que
sonho com as realidades do céu,
investigo as coisas existentes debaixo da terra
e falo mil tolices à juventude a esse respeito.
Aristófanes chegou a escrever uma comédia
em que vemos um tal de Sócrates
deambulando pelo palco, elevando-se nos ares
e divagando sobre questões acerca das quais nada sei!*

*A verdade é que nunca pretendi
educar a juventude!
Pois se fosse para amestrar potros
ou bezerros, saberia muito bem a quem me dirigir.
Mas, para educar crianças,
transformá-las em homens e cidadãos,
é preciso um saber que não possuo –
justo eu, que nada sei.*

O gordo Meleto, que desejava a morte de Sócrates, tentou acuá-lo:

– Mas, Sócrates – interpelou-o com sua voz de falsete –, se você não cuida da educação dos cidadãos, o que faz durante o dia?
Se nada há de extravagante em seu trabalho, por que recebe tantas críticas?

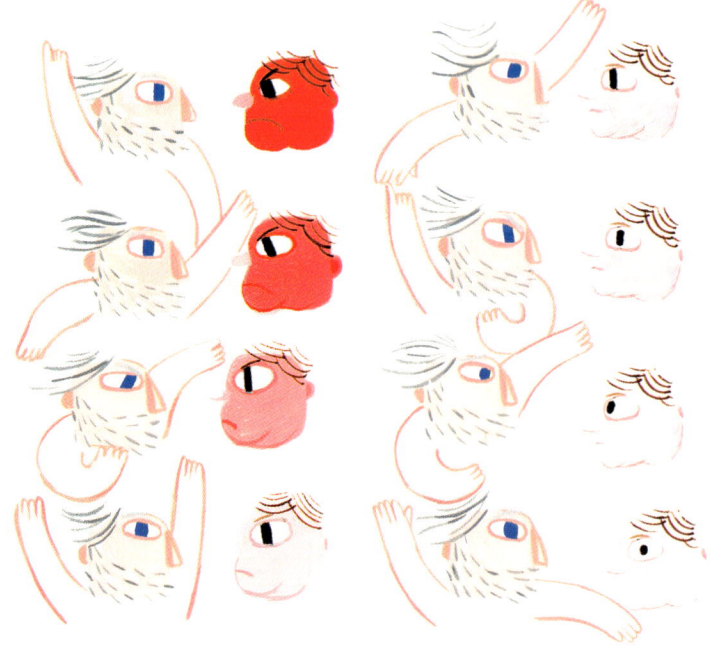

Acha que corrompo a juventude, logo você, Meleto? – respondeu Sócrates.

– É o que afirmo com todas as minhas forças! Afinal, repito, por que recebe tantas críticas?

*Acusa-me perante a justiça
de que corrompo a juventude voluntária
ou involuntariamente?*

– Voluntariamente, claro!

*Mas diga-me, excelente Meleto,
vale mais a pena viver numa pólis
de cidadãos honestos ou desonestos?*

– Numa pólis de gente direita, evidentemente.

*Então eu seria louco o bastante para querer
conviver com quem é mau comigo?* –
replicou Sócrates, imitando o timbre agudo
de seu acusador.

– Não, claro que não! Mas acuso-o de promover novas divindades! – cacarejou Meleto, furioso. – Porque você não acredita nos deuses! Afirma inclusive que o Sol e a Lua não são deuses, mas uma pedra e uma terra!

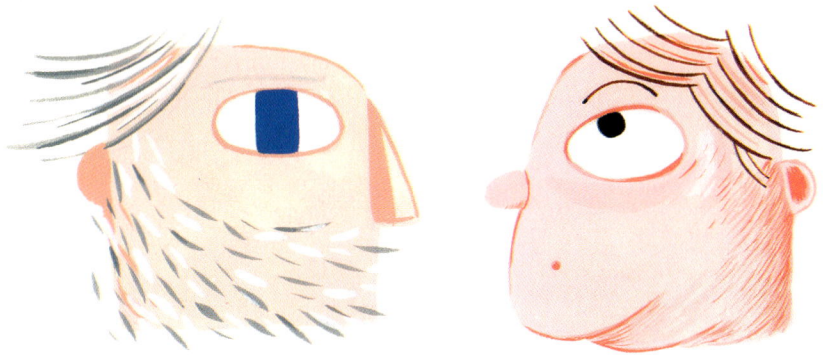

*É Anaxágoras, meu caro, e não eu,
quem ensina essas curiosas doutrinas.
A propósito, outra pergunta: como posso introduzir
novas divindades se não creio nos deuses?* –
questionou-o Sócrates.

Meleto, desatinado, ficou sem resposta.

Atenienses, meus amigos – exclamou Sócrates,
ensaiando uma reverência –, eu os saúdo!
Vejam o que valem as acusações
que fazem contra mim!

Na realidade, foram os próprios deuses
que me enviaram para despertar nossa cidade!
Então, dia após dia e onde quer que eu esteja,
eu os provoco e os critico por buscarem
mais a riqueza do que a verdade.

17

*Sou como um grande mosquito rondando
um bom cavalo para picá-lo
e impedi-lo de dormir! Talvez seja por cansaço
que desejem livrar-se de mim
e dormir pelo resto da vida...*

*Mas foram os deuses que me confiaram
esta missão! Então eu deveria parar de filosofar,
de convidar aqueles que encontro a amar
mais a verdade do que as aparências?
Eu seria muito ímpio se desistisse
de meu dever por medo da morte!
Atenienses, continuarei a interrogar
meus semelhantes, nem que por isso
eu seja cem vezes condenado!*

Corria um rumor pela assembleia: entre os juízes, havia quem pensasse que Sócrates estivesse lhes faltando com o respeito. Outros admiravam sua coragem.

*É verdade – continuou Sócrates – que me intrometo
nos assuntos de todo mundo,
mas para isso abstive-me de
me lançar na vida pública!
É que, vejam só, desde a minha infância,
uma espécie de pequeno demônio,
ou gênio divino, impede-me de cometer tolices;
e esse gênio me disse que eu não viveria
muito tempo se entrasse na política!*

*Lembram-se daquele dia em que
me vi obrigado a presidir o Conselho?
Vocês queriam julgar ilegalmente
os dez generais que não haviam recolhido
os mortos após a Batalha das Arginusas:
sozinho contra todos, provei que a lei
não permitia julgar vários cidadãos
ao mesmo tempo. Vocês quase
me massacraram junto com eles!*

*Pouco depois, os tiranos tomaram o poder e,
para me comprometer com eles, quiseram que eu
participasse da prisão de Leônidas de Salamina.
Recusei e fui para casa. Sem dúvida isso
me teria custado a vida, caso eles não
tivessem sido derrubados logo!*

*Em minha opinião, quando alguém entra
na política para defender a justiça,
é porque não deseja viver muito tempo!
Meu pequeno demônio me preserva disso!*

*Como veem, atenienses, a verdade é que
nunca cedi à injustiça.
Meleto diz que corrompi meus alunos;
ora, não sou professor de ninguém!
Quando uma pessoa se detém
para me ouvir falar, velho ou jovem,
rico ou pobre, nunca a mando embora
ou lhe peço alguma coisa.
Mas não sou responsável se
depois ela se torna boa ou má!*

*Perguntem a todos nesta assembleia
que gostam de se entreter
em minha companhia:
algum deles dirá que o aconselhei a cometer
más ações? Ou, caso se calem,
seus pais serão capazes de me acusar
de tê-los tornado maus?*

*Críton, meu amigo, fiz de seu filho
Critóbulo um homem injusto?
Lisânias, desviei o bravo Ésquines?
Nicóstrato, seu irmão Teódoto, que morreu:
se o corrompi, diga-o agora!
Adimanto, você, irmão de Platão,
que me segue aonde vou:
apresente-se na tribuna,
caso deseje testemunhar contra mim!*

Vamos, homens de Atenas!
Em processos menos graves,
os acusados lhes dirigem súplicas.
Choram copiosamente e querem despertar
sua compaixão convocando seus netos
como testemunhas. Não farei nada disso,
pois não é digno de nossa cidade
nem da reputação de sábio que me atribuem.
Um espetáculo desse tipo desagrada aos deuses.
Uma vez que me acusam precisamente
de não honrá-los, pois bem,
é a eles que me entrego
para julgamento.

E, então, a assembleia dos quinhentos juízes votou: por uma diferença de trinta votos, Sócrates foi declarado culpado. Como rezava o costume em Atenas, os dois partidos deveriam então recomendar uma punição: em geral, os acusadores pediam uma pena dura, e o acusado, uma pena similar, mas um pouco mais leve. Em seguida, os juízes escolhiam o castigo que lhes parecesse mais apropriado. Sem surpresa, o gordo Meleto e seu bando de falsos eruditos exigiram que Sócrates fosse condenado à morte.
Era a vez de Sócrates, que visivelmente se divertia com aquilo tudo, sugerir uma pena; todos esperavam que propusesse o exílio.

*Qual é a pena, cidadãos juízes,
que merece um homem como eu,
cujo único erro é não levar uma vida pacata
cuidando de seus assuntos?
Um homem que procura o bem
em vez das riquezas?
Que prefere a própria cidade
às suas honrarias? Que punição
deve ser reservada a esse homem
pobre e sábio, que precisa ser preso
para parar de fazer o bem?*

*Atenienses, eis a pena que mereço:
instalem-me, à sua custa,
no belo palácio do Pritaneu, onde são recebidos
os vencedores dos Jogos Olímpicos
e os hóspedes ilustres!*

Um grande clamor ergueu-se na assembleia: que insolência! Aquilo era demais! Então Sócrates foi condenado a morrer bebendo uma taça de um veneno chamado cicuta.

Meu pequeno demônio me avisaria
se eu devesse temer algum mal –
declarou tranquilamente Sócrates
a seus amigos consternados. – Mas das duas,
uma: ou a morte não é nada
ou é uma viagem da alma para outro lugar.

Se a morte não é nada, ela é como
um sono sem sonho, como uma bela noite,
mais serena do que todos os nossos dias:
um grande bem!

*E se, como afirmam por aí, a morte é uma travessia
para o inferno; se lá eu pudesse encontrar Homero,
Hesíodo e Orfeu, os poetas de antigamente,
e os maiores heróis, Ajax e Ulisses;
se lá eu pudesse interrogar a sabedoria
dos milhares de homens do passado
sem correr o risco de ser condenado,
que bem maior haveria?*

*No entanto, meus caros, chegou a hora
de nos separarmos: eu para ir morrer,
vocês para continuarem a viver. Quem,
vocês ou eu, irá para um destino melhor?
Só os deuses sabem.*

Naquele período do ano, porém, Atenas estava em festa: celebrava-se a viagem do príncipe Teseu, que nos tempos arcaicos fora matar o Minotauro para dar fim ao jugo que o abominável Minos, rei de Creta, impunha à cidade. Mandava a tradição que todas as execuções fossem suspensas até que a nau sagrada retornasse de Creta. Sócrates, portanto, passou um mês na prisão, onde escreveu canções.

O Deus quis cessar a guerra
entre a Dor e o Prazer.
Porém, sem obter sucesso,
prendeu-os pela cabeça.
Desde então, quando um deles cai,
outro logo aparece atrás.

Um dia, ainda de madrugada, Sócrates acordou em sua cela e viu o amigo Críton a seu lado.

*O que faz aqui tão cedo? –
perguntou, ainda cheio de sono.*

- Admiro - respondeu Críton - como dorme serenamente após receber golpe tão duro do destino! E eu, que ainda tenho uma funesta notícia a lhe dar!

*A nau que foi a Creta já atracou no porto,
encerrando o período das festas?*

- Não, mas ouvi dizer que está para chegar - murmurou Críton.

Eu estava justamente sonhando – respondeu Sócrates –
que uma mulher cheia de graça, toda de branco,
proferia a mim as mesmas palavras que o
rei Agamenon dirigiu ao herói Aquiles. Sócrates, dizia ela,
dentro de três dias alcançará sua pátria fecunda...

– Que sonho curioso, Sócrates!

Pois eu chamaria de um claro preságio!

Críton então segurou Sócrates pelos ombros:

– Sócrates, meu amigo, eu lhe suplico, autorize-nos a elaborar um plano de fuga! Será fácil comprar a vigilância dos guardas da prisão. Uma nau está pronta para levá-lo a um lugar seguro, amigos o receberão aonde quer que vá!

Se reluta em fazer isso por si mesmo, faça por seus filhos, a fim de que eles não tenham o destino dos órfãos! Faça por nós: que não digam que o deixamos perecer quando poderíamos tê-lo salvado.

*O que importa o que digam? –
respondeu Sócrates, bocejando.
O que me importa, aliás, morrer?
O importante não é viver, mas bem viver,
isto é, de acordo com a justiça,
não acha?*

– Sim, Sócrates, já nos entendemos a respeito disso.

*No entanto, será justo cometer uma injustiça?
Por exemplo, responder à injustiça
com a injustiça? Ou será que a injustiça
nunca é bela nem boa?*

– A injustiça é sempre uma coisa má, isso é evidente.

*Então, diga-me, caro Críton:
seria justo subornar os guardas e
fugir sem que os atenienses
me houvessem libertado? Mas veja!
Eis que o meu pequeno demônio
nos coloca a Lei de Atenas
diante dos olhos!*

Sócrates, sei que você gosta de fazer perguntas, mas agora é minha vez de interrogá-lo.

Fui eu, a Lei de Atenas, que autorizei o casamento de seus pais, eu também que protegi sua infância, sou eu que regulo sua vida na cidade.

Para você, sou mais que uma mãe ou um pai. Despreza-me tanto assim para tentar me escapar?

Seu dever não é obedecer e ocupar o lugar que eu ordenar, como fez na guerra, quando combateu em meu nome?

*Veja, Críton – continuou Sócrates –,
gosto tanto de viver sob a Lei de Atenas
que recusei o exílio por ocasião de meu julgamento.
Iria agora sabotar essa mesma Lei, fugindo?
Disfarçar-me de escravo e me evadir com meus filhos,
para transformá-los em estrangeiros?
Ou abandoná-los aqui?
Ousaria eu, depois disso, voltar a falar
com os homens, como fiz até agora,
para lhes dizer que nada tem mais valor
do que a virtude, a justiça e a Lei?*

Críton deixou a prisão e anunciou a decisão de Sócrates a seus amigos. No dia seguinte, o navio procedente de Creta entrou no porto de Atenas e encerrou o período das festas.

Era, portanto, o dia em que a sentença deveria ser executada. Todos os amigos de Sócrates reuniram-se para lhe fazer uma última visita: Críton e seu filho Critóbulo, Hermógenes, Epigênio, Ésquines, Fédon, Antístenes, Ctesipo de Peânia, Menexeno, Cebes, Símias de Tebas e muitos outros. Só faltou Platão, que estava doente. Doente? Um resfriado, sem dúvida.

Na prisão, encontraram ao lado de Sócrates sua mulher, Xantipa, e seu filho mais novo, Sofrônico. Xantipa, considerada uma megera, não parava de gemer e choramingar:

– Ah, Sócrates! Seus amigos estão aqui, é a última vez que falará com eles!

Então Sócrates pediu a Críton que levasse sua mulher para casa. Enquanto a acompanhavam até o lado de fora, Xantipa gritou em desespero e arrancou os cabelos.

Sócrates, por sua vez, estava exatamente como sempre: coçava as pernas, fazia trocadilhos, falava de seu pequeno demônio e filosofava com os amigos. Símias de Tebas então lhe perguntou por que não estava triste por ter de morrer.

*Meu bom Símias – respondeu Sócrates –,
tentarei responder e ser mais persuasivo
do que fui no tribunal! Na verdade,
eu não estaria tão contente de fazer essa viagem
para o inferno se não estivesse convencido
de lá encontrar outros deuses absolutamente bons
e talvez até homens melhores que os daqui.
E também, confesso que seria engraçado,
após ter passado a vida filosofando, isto é,
de certa maneira me exercitando para a morte,
começar a fugir como fujo de minha mulher,
quando na verdade a morte me livra dela!*

– Sócrates, você ainda me faz rir, mesmo a contragosto! – gargalhou Símias. – Afinal de contas, dizendo que você merecia a morte, seus juízes acabaram lhe dando uma ótima sentença!

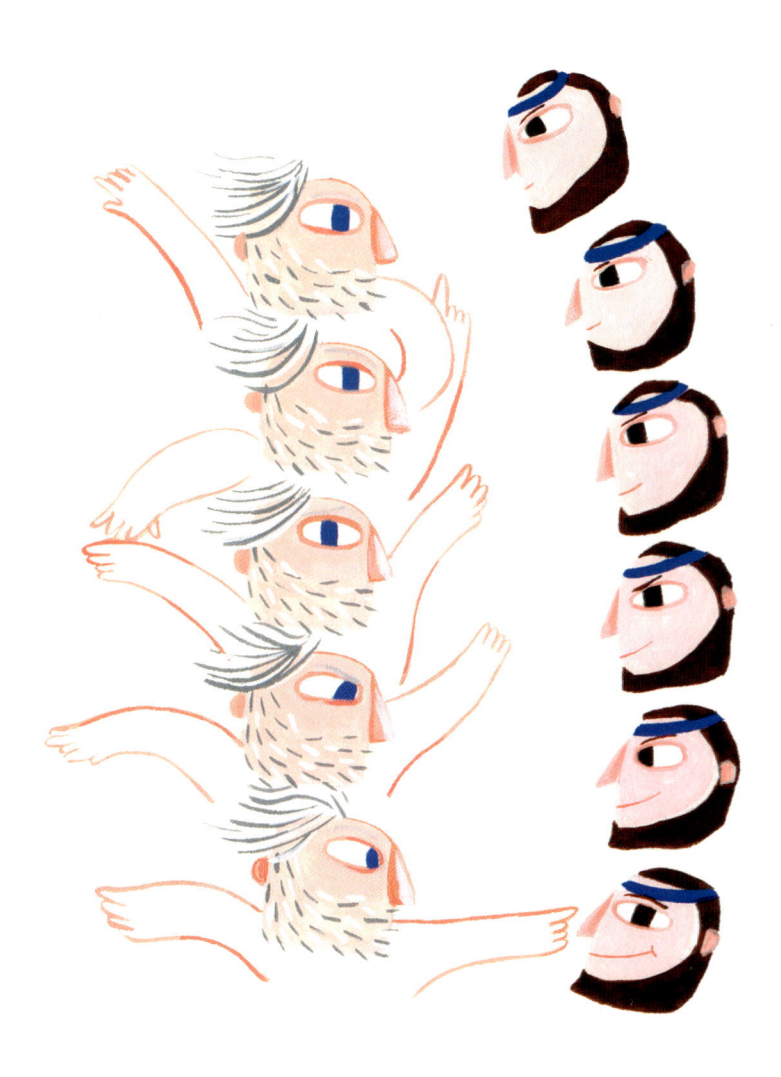

Num certo sentido, sim – divertiu-se Sócrates –, com a diferença de que eles não veem a morte como eu! Mas deixemos meus juízes em paz!

Símias então afinou sua lira para acompanhar Sócrates, que recitou um poema:

Quando o cisne sente a chegada do fim,
Ele louva os deuses com um canto desconhecido.
Os pobres homens, que temem a morte,
Caluniam a ave, dizem-na comovida,
Com uma dor profunda, que seu canto
Exprimiria ao mundo enquanto ela o deixa.

Mas uma ave canta por tristeza?
Nem o rouxinol nem o colibri.
A alma do cisne, ao ver o Hades,
Reconhece sua verdadeira pátria.
Ave de Apolo, sabe adivinhar
As maravilhas a ela reservadas.

E eu, qual o cisne, regozijo-me
Com os bens que me esperam além da vida.

43

Sócrates passou de interrogado a interrogador:

> *Quando um homem morre, acontece mesmo alguma coisa, Símias?*

– Ora..., isso é evidente – respondeu ele, largando a lira.

> *Seria por acaso a separação entre a alma e o corpo?*

– Exatamente – disse Símias.

> *Preste muita atenção agora* – continuou Sócrates. *– Acha que alguém a quem chamamos de filósofo, um homem apaixonado pela sabedoria, preocupa-se muito com seus prazeres, por exemplo, com o que tem para comer ou beber?*

– Em hipótese alguma, Sócrates!

> *E os prazeres do amor, os cuidados com o corpo, a cor das sandálias? Acha que um filósofo se preocupa com isso além do necessário?*

– Caso se preocupe, é porque não é um verdadeiro filósofo – afirmou Símias.

Estamos de pleno acordo, meu bom Símias:
um filósofo preocupa-se não com os prazeres do corpo,
mas com os da alma. Eu diria ainda mais:
às vezes não nos enganamos sobre
o que vemos ou ouvimos?

– Isso acontece, sem dúvida!

Logo – disse Sócrates –, o corpo pode ser
uma fonte de engano para a alma.
Eis por que o filósofo prefere raciocinar e
buscar a verdade dentro de si mesmo.
Por exemplo, você diria que a justiça
é alguma coisa ou que não é nada?

– Alguma coisa, certamente.

E afirma o mesmo do bem e do belo?

– Como negá-lo?

Mas já viu com os próprios olhos a justiça, o belo ou o bem,
ou mesmo a grandeza?

– Não – respondeu Símias. – Vi coisas justas, belas ou grandes. Mas a justiça em si, a beleza em si e a grandeza em si, nunca as vi.

Logo, não é por intermédio de nosso corpo que
conhecemos tais realidades, mas de nossa alma.
E as conheceremos tanto melhor quanto
menos formos atrapalhados por nosso corpo!

– Ninguém diria melhor, Sócrates!

*Enquanto minha alma estiver acorrentada
a meu corpo, nunca possuirei a bem-amada
sabedoria, obrigado que sou a me preocupar
incessantemente com o corpo. Além do mais,
ele cai doente e perturba minha alma com desejos,
temores, paixões, enfim, todo tipo de tolices,
sem falar nas desavenças e guerras daí decorrentes.
Para alguém ser um sábio de verdade,
é preciso que sua alma se separe do corpo
e contemple por si mesma a realidade das coisas.
Não pensa da mesma forma, Símias?*

– Sim, Sócrates, sem tirar nem pôr!

*É então depois de minha morte, quando alma
e corpo se dissociarem, que espero conhecer
a sabedoria, pela qual sou apaixonado.
Assim como outros homens esperam encontrar
pais, esposa e amigos no inferno,
alegro-me ao pensar que encontrarei
minha bem-amada! Dito isso, como a chegada
da morte poderia me entristecer,
meu bom Símias?*

– De fato, Sócrates, não faria o menor sentido!

Contudo, após refletir, Símias conferenciou com seu amigo Cebes e levantou uma objeção:

– Querido Sócrates – ele começou –, penso que nada disso se sustenta: da mesma forma, poderíamos dizer que uma lira, quando afinada, emite um acorde invisível, belo, divino. Porém, se acaso a lira se quebrasse, se cortássemos suas cordas, você diria que o acorde foi ao encontro dos deuses? Ora, claro que não! O acorde desaparece antes mesmo da madeira da lira.
Assim, a alma do homem é como o acorde de uma lira: enquanto um justo equilíbrio entre quente e frio, seco e úmido mantém o homem saudável, a alma do homem é justa e divina, mas quando chegam a doença e a morte, a alma se decompõe e perece.

Sócrates encarou intensamente Símias, de baixo para cima, como é de seu feitio.

Agora você me deixou em maus lençóis, excelente Símias! Arranjou um argumento de primeira!

Cebes aproveitou a deixa:
– Sócrates, a meu ver você fracassou ao tentar provar que a alma não perece com o corpo! Quanto a mim, penso que a alma encerrada no corpo é comparável a um velho tecelão dentro de sua roupa. O velho tecelão costurou vários panos, dos quais um bom número foi usado antes dele. Um dia, no entanto, o tecelão acaba morrendo, e a roupa que ele vestia ainda sobrevive um pouco.
Da mesma forma, a alma pode ter passado por diversos corpos, mas chega um dia e ela perece, e o corpo no qual ela se acha naquele momento continua um pouco no estado em que se encontra, antes de, por sua vez, se decompor.
Em suma, não sabemos se nossa alma também vai perecer quando tiver de se separar do corpo!

Sócrates percebeu claramente como as palavras de Cebes e Símias perturbaram seus amigos. Acariciou a cabeça do jovem Fédon e, brincando, lhe disse:

*Acredita, Fédon, que amanhã você rapará
sua bela cabeleira em sinal de luto,
como dita o costume?*

– É o que receio, Sócrates – respondeu Fédon, tristemente.

*Pois fique sabendo que sou eu quem
deveria tonsurar minha cabeça
em sinal de luto, depois que Símias e Cebes
assassinaram meu discurso!
Ainda bem que já sou calvo!*

*No que se refere à sua doutrina, Símias,
ainda há pouco não concordava comigo
quando eu dizia que, quando aprendemos,
não fazemos senão nos recordar do Belo,
do Bem, da Justiça e de todas as ideias que
se encontram em nossa alma desde sempre?*

– Isso mesmo, Sócrates – respondeu Símias com altivez.

*E que, portanto, nossa alma existia antes mesmo
de nosso nascimento?*

– Certamente!

*Mas você diria que a harmonia de sua lira existe
antes mesmo de ela ser fabricada?*

– Isso, de jeito nenhum!

*Entretanto, temos de escolher: ou a alma existe
antes de nascer num corpo, ou ela nasce
da harmonia desse corpo, como um acorde
nasce de uma lira!*

– Creio então, Sócrates, que devo desistir de pensar a alma como um simples acorde, passível de desaparecer com o corpo.

*Vamos adiante, Símias: uma lira é mais
ou menos afinada, não é? Quando está desafinada,
dizem que ela soa falso e, quando está bem afinada,
que está certa, concorda?*

– Não há como negar.

*Mas poderíamos afirmar que um homem possui
mais ou menos alma? Que um homem mau
tem menos alma que um homem justo?*

– Não, Sócrates, não diremos isso, mas simplesmente que todo homem possui uma alma!

*Excelente, Símias, parece então que
a alma é para o corpo uma coisa diferente
do que o acorde é para uma lira!*

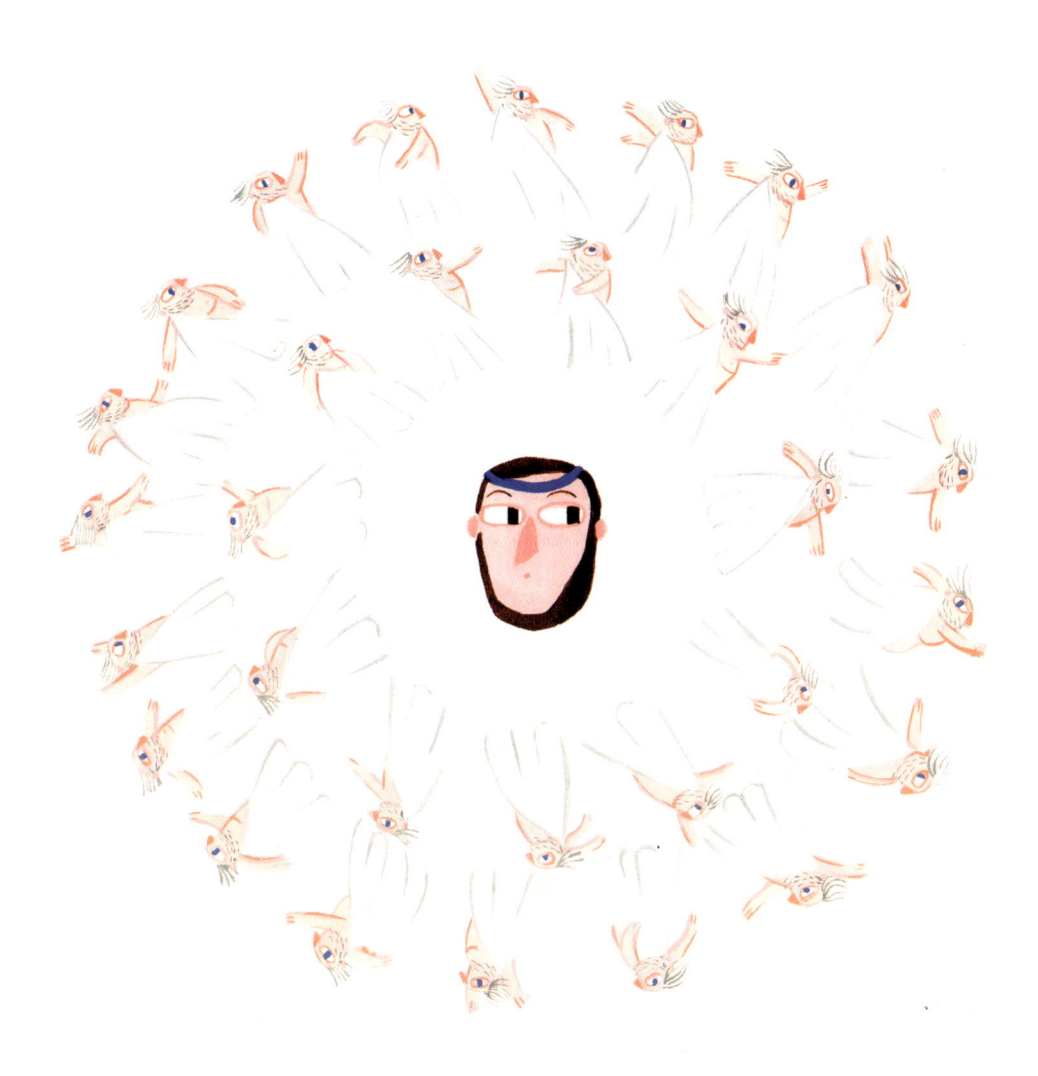

> *Meu bom Cebes, acha mesmo necessário
> demonstrarmos que a alma é indestrutível
> e imortal para termos certeza de que ela
> não perece com o homem?!*

– É exatamente o que penso, Sócrates.

Sem pressa, Sócrates meditou. Sentados à sua volta, os amigos observavam-no em silêncio.

> *Vamos partir das ideias que estão em nossa alma,
> a ideia de Beleza, por exemplo:
> sabe por que julga uma coisa bela?*

– Suponho que seja porque nela descubro uma cor sedutora ou uma bela forma – respondeu Cebes.

> *Então é a forma ou a cor que constitui
> a beleza? Mas o que constitui a beleza
> da cor ou da forma?*

– É preciso, Sócrates, como não cansou de dizer, que a própria Beleza seja sua causa!

> *Admite então a existência de uma Beleza
> absoluta, uma Beleza que não seja nada
> senão a Beleza?*

– Certamente, Sócrates, sem o que não poderíamos ver beleza nas coisas!

*Existiria, da mesma forma, um Bem absoluto,
que nos permitiria julgar acerca do bem nas coisas?
E uma Grandeza absoluta, que nos permitiria
medir as coisas grandes? E uma Pequenez absoluta?
E isso se estenderia a todas as ideias
que podemos detectar?*

– Nesse ponto, estamos de acordo – assentiram Cebes e Símias a uma só voz.

*Diga-me também, caro Cebes: acabamos de
demonstrar a existência de coisas visíveis
e coisas invisíveis, como o Belo, o Verdadeiro,
o Sagrado, todas essas coisas divinas e simples.
Incluiremos a alma entre as coisas visíveis
ou entre as invisíveis?*

– Entre as coisas invisíveis, seguramente, Sócrates!

*Mas, em sua opinião, essas coisas
invisíveis admitem seu contrário?
Ali, onde a Beleza é absoluta,
poderia haver a Feiura? Onde está o Quente,
poderia estar o Frio? Onde está o Par,
poderíamos encontrar o Ímpar?*

– De forma alguma, Sócrates!

*De modo que o Quente vai embora quando
o Frio se instala, e a Beleza parte
quando a Feiura chega?*

– Ninguém diria melhor.

*Agora me responda:
o que dá vida a um corpo?*

– É com certeza a alma, Sócrates. Sabemos que um corpo está vivo quando a alma nele se manifesta!

Logo, a alma está no princípio da vida?

– É o que penso!

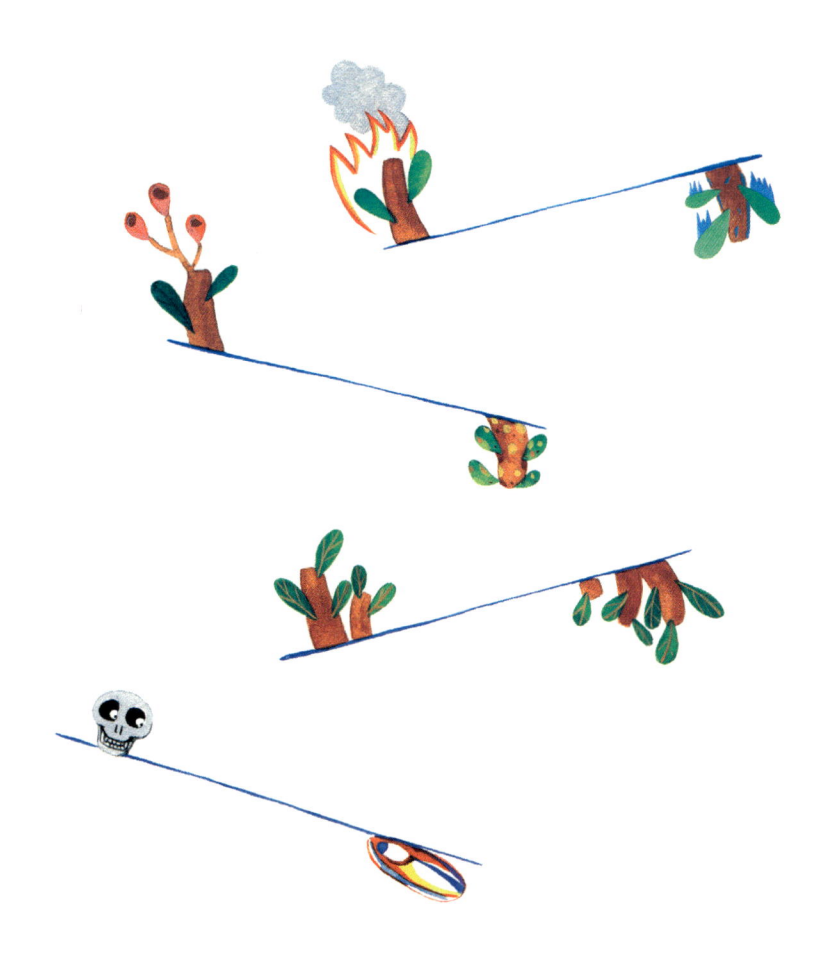

*Mas quando a alma, que é vida, vê surgir
seu contrário, a morte, diríamos que ela morre,
que se torna seu próprio contrário? Ou diríamos
que ela vai para outro lugar, como as outras
coisas invisíveis?*

– É óbvio que ela vai para outro lugar, Sócrates!

*Meu bom Cebes, creio que assim demonstramos
que a alma é indestrutível e imortal.
Quanto ao que acontece depois da morte
do corpo ao qual ela está ligada,
vou lhe dizer o que imagino...*

Quando, na morte, a alma se separa do corpo, ela é agarrada pela mão de um pequeno demônio, o gênio divino que era seu guardião. O pequeno demônio a conduz então pelas sendas estreitas e tortuosas que levam ao inferno.
A alma do homem insensato debate-se ao deixar seu corpo, e seu pequeno demônio tem muita dificuldade colocá-la no caminho. Quando chega, furiosa, ao lugar que lhe é destinado, ela assusta as outras almas e passa o tempo a vagar, inquieta e solitária.

Por outro lado, a alma do sábio, que pela filosofia se purificou ao longo da vida, realiza essa viagem sem percalços. Em seu destino estão à sua espera as almas dos outros sábios, e, juntas, elas reúnem-se aos deuses num desses lugares maravilhosos que existem na Terra.

Pois a Terra é muito grande, e dela só conhecemos esta pequena porção que costeia o mar desde o rio Fásis até as Colunas de Hércules; muitos povos habitam outras regiões desconhecidas.
Julgamos caminhar na superfície da Terra e à luz do dia, mas moramos todos no fundo de cavernas imensas e profundas, para onde correm as chuvas.

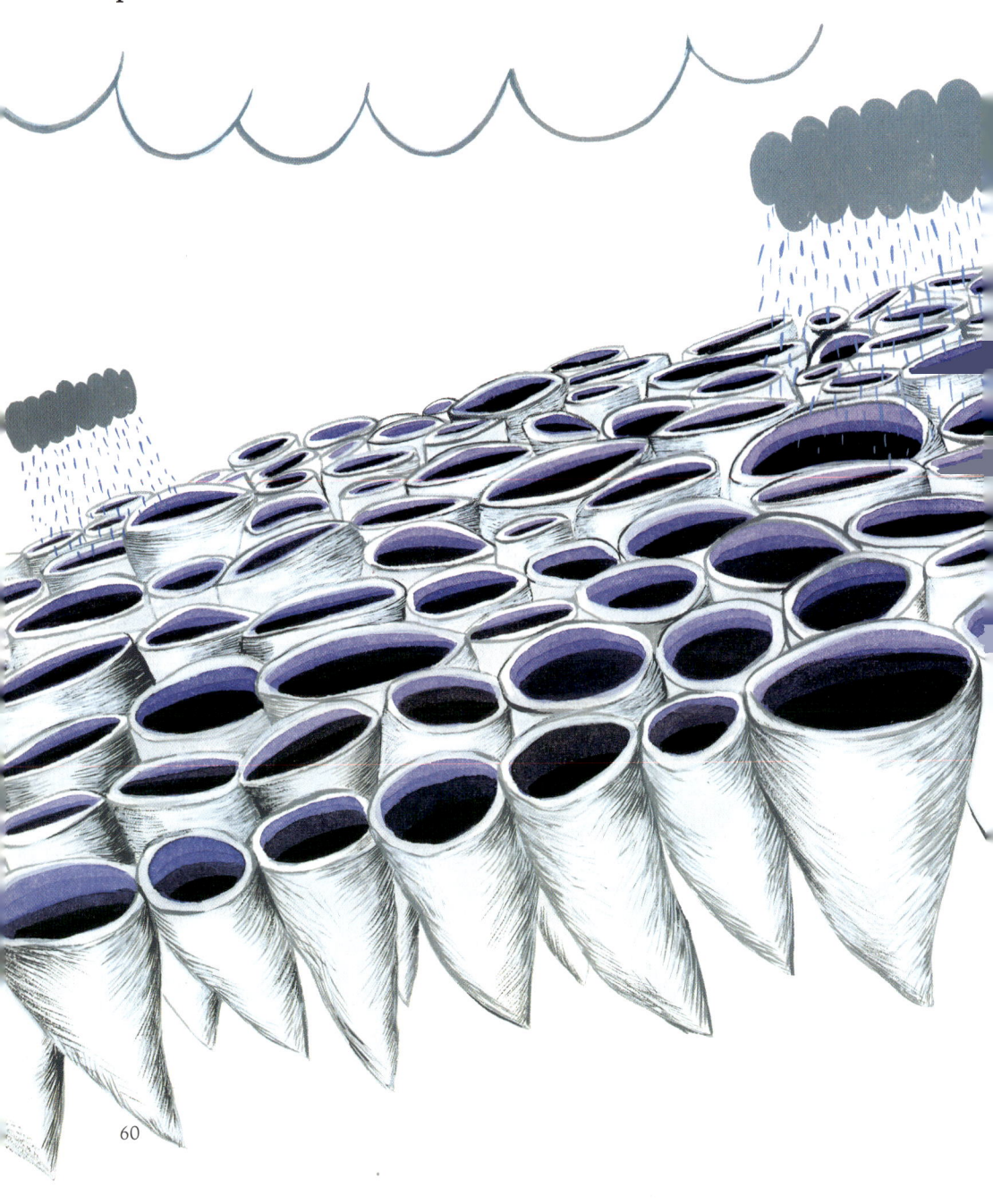

Pensem nos habitantes das profundezas do mar: através da água eles veem o Sol e os astros, tomando a superfície do oceano pelo céu. Da mesma forma, tomamos o ar pelo céu, porque nele vemos o curso das estrelas.
Mas se um homem do fundo dos mares pudesse subir até nós, veria como o mundo de onde ele vem, rochoso e carcomido pelo sal, não passa de areia e lodo. E se pudéssemos nos alçar até sair de nossa caverna, até a verdadeira terra, contemplaríamos uma luz sem comparação com a nossa e maravilhas ainda maiores.

Essa terra verdadeira, acima de nós, é semelhante a um balão com gomos coloridos, do qual a palheta dos pintores daqui de baixo não passa de pálido reflexo: determinado gomo exibe um púrpura prodigioso; outro, um branco mais brilhante que a neve; um terceiro é tingido num ouro de pureza desconhecida.

Enquanto no fundo de nossa caverna a escuridão e a bruma turvam as cores, lá em cima elas se apresentam sem mistura. Lá, as montanhas são todas feitas de pedras preciosas, das quais apenas alguns fragmentos caem aqui. Lá, animais e homens não conhecem a doença, vivendo felizes e longamente.

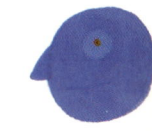

A pureza da audição, da visão e do pensamento dos habitantes dessa terra acima de nós é muito superior à nossa, assim como lá o ar é mais puro e leve que a água. Eles contemplam o Sol, a Lua e os astros tais como são verdadeiramente. Os deuses moram de fato em seus templos e falam aos homens como faço com vocês. É assim a verdadeira terra acima de nós.

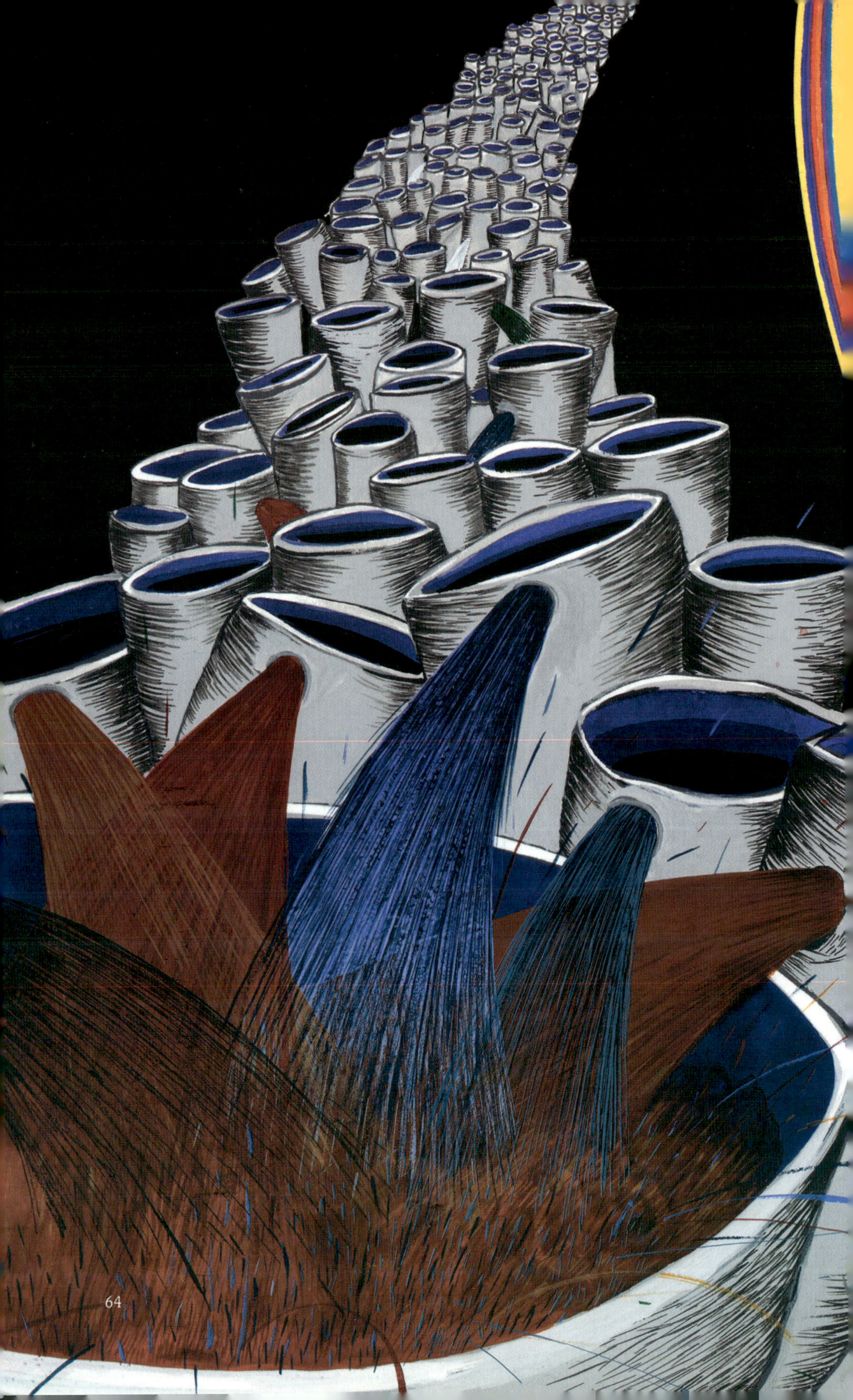

Em toda a Terra, existem numerosas cavernas como esta em que nos encontramos. Algumas delas são maiores que a nossa, deixando entrar mais luz. Outras são mais profundas ou mais escuras. Todas essas cavernas são atravessadas por canais, pelos quais se comunicam entre si. Volta e meia rios de águas quentes ou frias, mais ou menos caudalosos, de fogo e lava, deságuam neles e ressurgem alhures por meio de nascentes ou vulcões. Esses rios convergem para a caverna mais profunda, que os poetas chamam de Tártaro[1], onde se lançam num estrépito terrível.

---

1. Lugar úmido, frio e escuro para onde eram enviados os pecadores (inferno).

Não são poucos os homens, cuja alma não é nem verdadeiramente sábia nem verdadeiramente má, que são carregados por seu pequeno demônio até as margens do sinistro rio Aqueronte[2]. Lá, eles juntam-se a seus semelhantes e embarcam em botes que os levam, através das regiões desérticas e percorrendo rios subterrâneos, até o lago Aquerúsia. Ali permanecem por um tempo mais ou menos longo, para se purificar, depois são despachados de volta a fim de renascer entre os vivos.

No Tártaro é lançada a alma criminosa dos que saquearam templos ou mostraram-se violentos com os pais. Um rio de fogo chamado Periflegetonte[3] carrega-os para lá, e os mais malvados nunca retornam. Em todo caso, há entre eles almas com potencial de cura, por exemplo, a de criminosos que agiram sob influência da cólera e depois se arrependeram pelo resto da vida. Estes, após um tempo bastante longo, são lançados no rio Cocito[4], que contorna o lago Aquerúsia; ao passarem, eles veem as almas daqueles a quem fizeram mal e suplicam-lhes que os deixem sair do rio. Se as vítimas de suas injustiças mostram compaixão, eles podem juntar-se a elas, e seus tormentos chegam ao fim. Caso contrário, são novamente lançados nas águas revoltas do Tártaro e, em seguida, mais uma vez no rio, numa repetição sem trégua até convencerem suas vítimas a recebê-los.

---

2. Aqueronte significa "rio dos lamentos".
3. Periflegetonte significa "rio de chamas de fogo".
4. Cocito significa "rio das queixas".

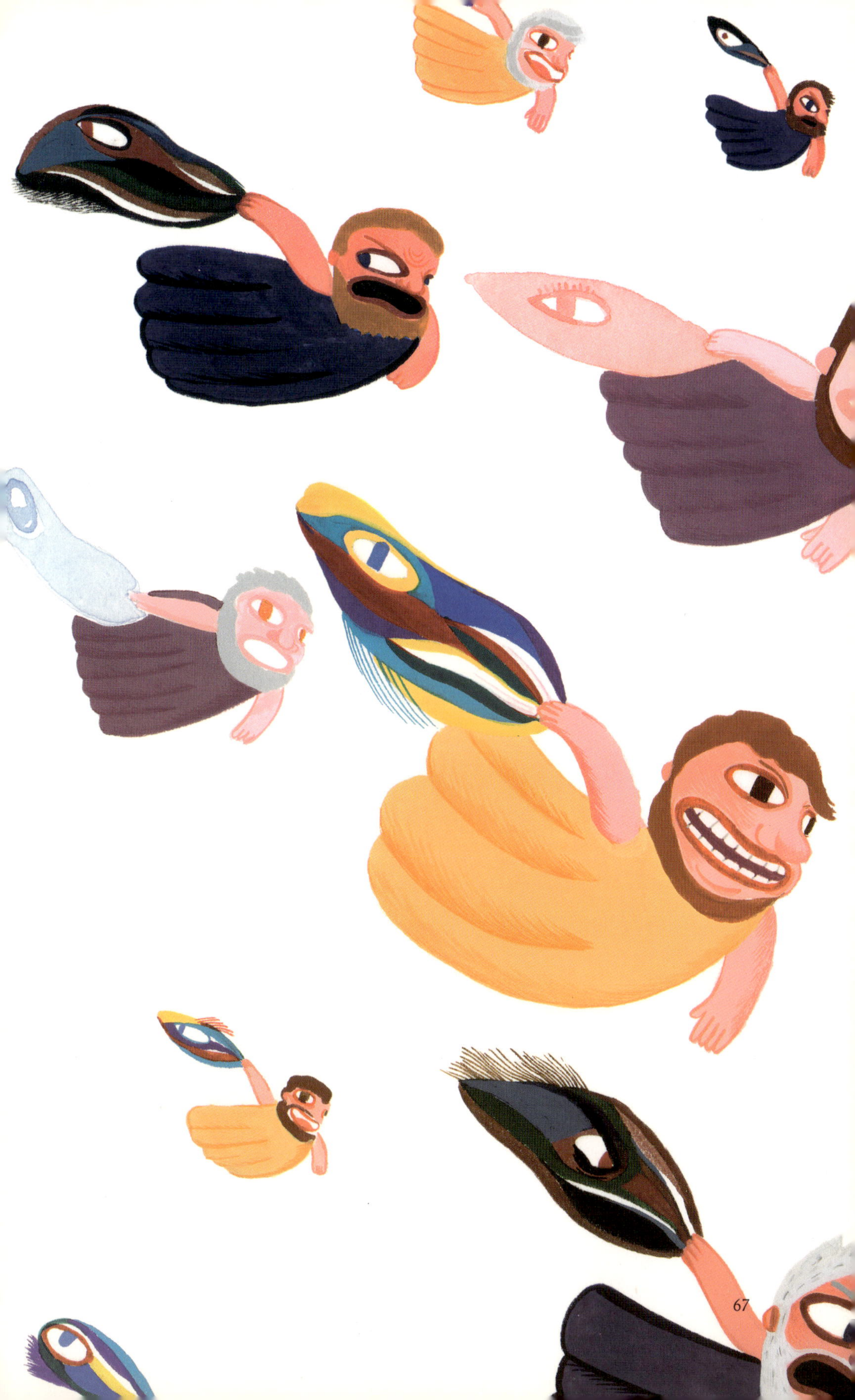

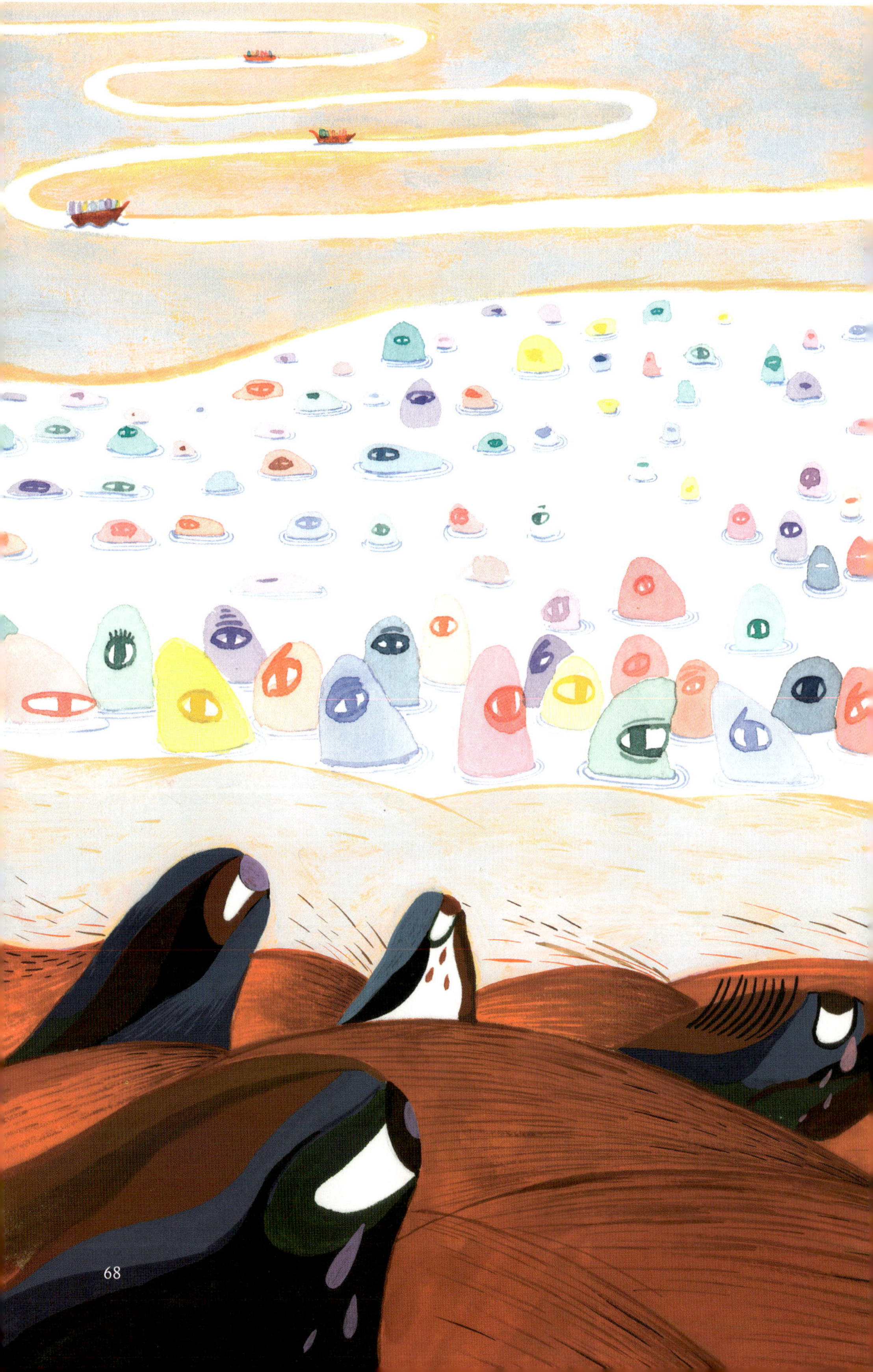

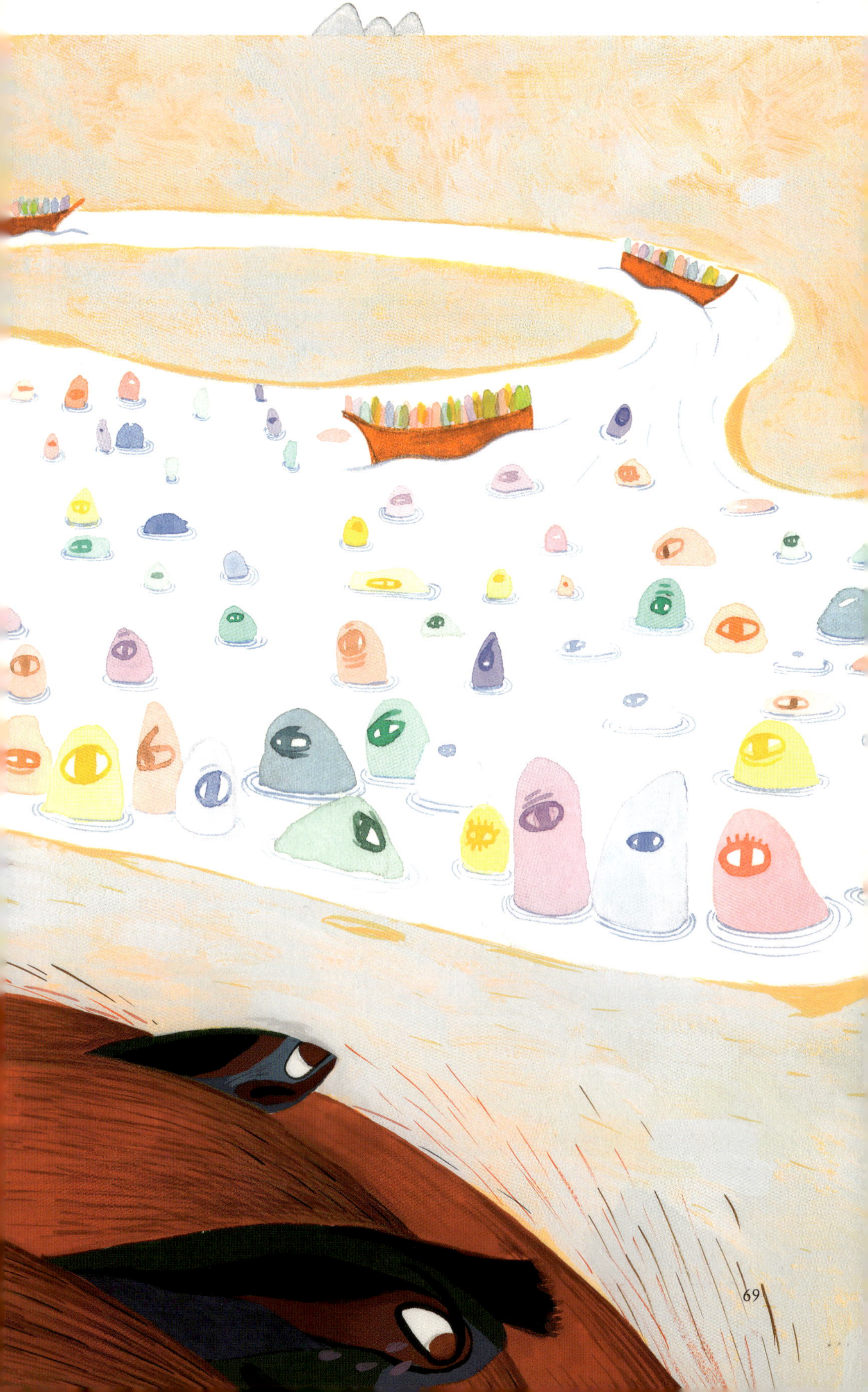

Quanto aos homens que levaram uma vida piedosa, não é para os rios que conduzem às profundezas que seu pequeno demônio os arrasta. Quando morrem, é rumo à terra verdadeira e suas maravilhas que eles se elevam. E, entre eles, os que se purificaram pela filosofia passam a viver absolutamente sem corpo, em moradas mais belas umas que as outras.

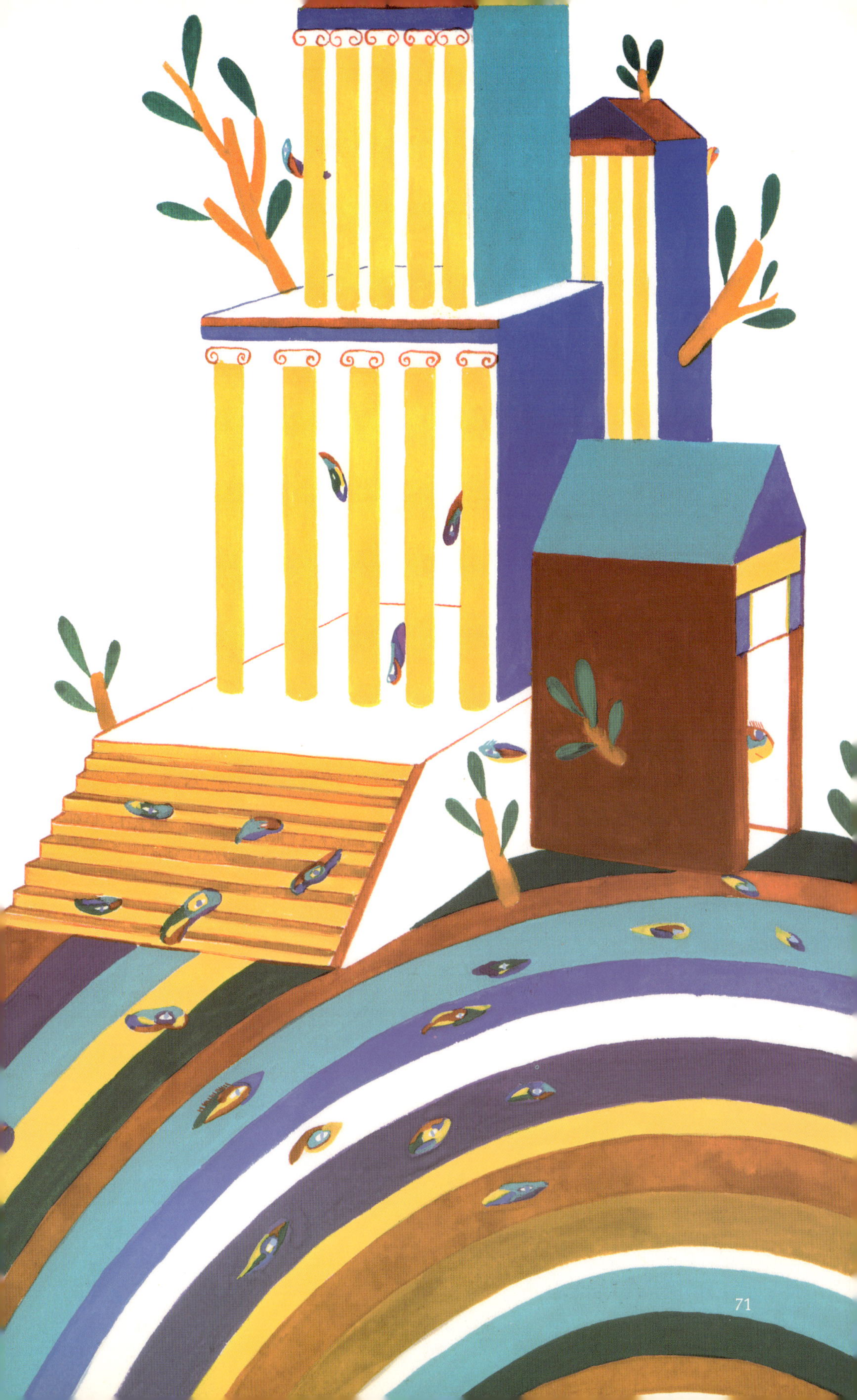

*Como veem, amigos, a sabedoria
merece ser buscada, sendo grande a recompensa
por ela! Dito isso, queiram me desculpar,
mas não quero impor à minha mulher
o trabalho de lavar um defunto:
é hora de tomar um banho!*

– Não vá assim, Sócrates! – exclamou
Críton. – Diga-nos o que gostaria que
fizéssemos após sua morte, por seus filhos
ou qualquer outra coisa!

*O que eu gostaria que fizessem?
Ora, o que sempre lhes falei:
procurem a sabedoria e não se preocupem com
os prazeres do corpo ou com seus trajes.*

– Diga-nos pelo menos como deseja ser enterrado!

*Como quiserem! Isto é, se conseguirem
me segurar e eu não escapar! – respondeu Sócrates,
rindo mansamente.*

De banho tomado, Sócrates recebeu os filhos: os dois menores, ainda pequenos, chamavam-se Sofrônico e Menexeno; o mais velho, Lâmprocles. Sócrates beijou-os, fez as últimas recomendações e se despediu. O sol já se punha.
Um guarda da prisão trouxe uma taça cheia de cicuta:

– Beba, Sócrates! E depois ande pelo quarto a fim de que a ação do veneno se manifeste. Quando sentir as pernas pesadas, deite-se.

Sócrates ergueu a taça e proclamou:

*Bebo à saúde dos deuses! E a eles peço
que abençoem minha viagem!*

Em seguida, bebeu um trago. Seus amigos começaram a chorar, compadecendo-se menos de Sócrates do que de si mesmos, em breve privados de um companheiro inigualável!

*Parem de choramingar, insensatos! – reagiu
Sócrates. – Não mandei as mulheres embora
para meus amigos me oferecerem este espetáculo!
Vamos! Calma e firmeza!*

Continuou a andar pelo aposento: ao sentir as pernas pesadas, deitou-se e cobriu a cabeça. O homem que lhe trouxera a cicuta apalpou-lhe os pés, perguntando se os sentia. Sócrates fez sinal de que não. Percorrendo as pernas, o homem mostrou que elas se tornaram rígidas e frias, impregnadas de veneno.
Quando Sócrates sentiu a barriga gelada, levantou a aba da túnica sobre seu rosto e disse com doçura:

> Críton, não se esqueça de que devemos o sacrifício de um galo a Asclépio, deus da medicina!

Em seguida, Sócrates se calou. Assim morreu o homem que os atenienses condenaram por não ter honrado os deuses.

© 2012 Martins Editora Livraria Ltda., São Paulo, para a presente edição.
© Les petits Platons, 2010.
Esta obra foi originalmente publicada em francês sob o título
La Mort du divin Socrate por Jean Paul Mongin.
Design: *Yohanna Nguyen*

Publisher	*Evandro Mendonça Martins Fontes*
Coordenação editorial	*Vanessa Faleck*
Produção editorial	*Cíntia de Paula*
	Valéria Sorilha
Preparação	*Lara Milani*
Diagramação	*Reverson Reis*
Revisão	*Flávia Merighi Valenciano*
	Silvia Carvalho de Almeida

Dados Internacionais de Catalogação na Publicação (CIP)
(Câmara Brasileira do Livro, SP, Brasil)

Mongin, Jean-Paul
  A morte do divino Sócrates : (baseado na obra de Platão) / escrito por Jean-Paul Mongin ; ilustrado por Yann Le Bras ; tradução André Telles. – São Paulo : Martins Fontes – selo Martins, 2012. – (Coleção Pequeno Filósofo).

  Título original: La Mort du divin Socrate.
  ISBN 978-85-8063-055-8

  1. Filosofia - Literatura infantojuvenil   2. Literatura infantojuvenil   3. Platão   4. Sócrates   I. Les Bras, Yann.   II. Título.   III. Série.

12-04742   CDD-028.5

Índices para catálogo sistemático:

1. Filosofia : Literatura infantojuvenil   028.5
2. Filosofia : Literatura juvenil   028.5

Todos os direitos desta edição reservados à
Martins Editora Livraria Ltda.
Av. Dr. Arnaldo, 2076
01255-000 São Paulo SP Brasil
Tel.: (11) 3116 0000
info@martinseditora.com.br
www.martinsmartinsfontes.com.br